Elogios para la se
el exterminado

"Garza investiga el folclor hisp... ...ga acción, horror y misterio para crear un libro increíblemente emocionante. El lenguaje descriptivo en español y el vocabulario avanzado hacen que este libro sea una valiosa adición a las secciones de misterio en las escuelas primarias y secundarias".
—*Booklist* sobre *Vincent Ventura and the Mystery of the Chupacabras / Vincent Ventura y el misterio del chupacabras*

"Esta divertida novela juvenil en español e inglés tiene suficiente folclor mexicano e inquietud juvenil estadounidense para mantener a lectores de secundaria reacios interesados en las aventuras sobrenaturales del exterminador de monstruos".
—*Booklist* sobre *Vincent Ventura and the Mystery of the Chupacabras / Vincent Ventura y el misterio del chupacabras*

"La genial serie de Garza ofrece un poco de misterio, un poco de acción y mucha diversión. Esta novela corta, la última aventura de Vincent está llena de elementos del folclor narrados en un ritmo rápido que seguramente seducirá a los lectores reacios. Como las anteriores novelas bilingües, esta incluye la versión en inglés y la versión en español de Baeza Ventura, la última es superior en fluidez. Verdaderamente divertida.
—*Kirkus* sobre *Vincent Ventura and the Mystery of the Witch Owl / Vincent Ventura y el misterio de la bruja lechuza*

La publicación de *Vincent Ventura y los duendes diabólicos* ha sido subvencionada en parte por Texas Commission on the Arts. Les agradecemos su apoyo.

El autor y Arte Público Press agradecen a Travis A. Bryson, un niño de segundo año, por su cuidadosa revisión del manuscrito.

¡Piñata Books están llenos de sorpresas!

Piñata Books
An imprint of
Arte Público Press
University of Houston
4902 Gulf Fwy, Bldg 19, Rm 100
Houston, Texas 77204-2004

Ilustraciones de Xavier Garza
Diseño de la portada de Mora Des!gn Group

Names: Garza, Xavier, author, illustrator. | Baeza Ventura, Gabriela, translator. | Garza, Xavier. Vincent Ventura and the diabolical duendes. | Garza, Xavier. Vincent Ventura y el misterio de los duendes diabólicos. Spanish.
Title: Vincent Ventura and the diabolical duendes = Vincent Ventura y los duendes diabólicos / Xavier Garza ; illustrations by Xavier Garza ; traducción al español de Gabriela Baeza Ventura.
Other titles: Vincent Ventura y los duendes diabólicos
Description: Houston, Texas : Arte Público Press, Piñata Books, [2020] | Series: [Monster fighter mystery ; 3] | Audience: Grades 4-6. | Summary: When Sayer Cantú moves into the neighborhood, Vincent Ventura sees a weird creature terrorizing the boy, so he recruits his cousins and gathers his monster-fighting tools for another showdown.
Identifiers: LCCN 2020028918 (print) | LCCN 2020028919 (ebook) | ISBN 9781558859098 (trade paperback) | ISBN 9781518506345 (epub) | ISBN 9781518506352 (kindle edition) | ISBN 9781518506369 (adobe pdf)
Subjects: CYAC: Mystery and detective stories. | Monsters—Fiction. | Friendship—Fiction. | Hispanic Americans--Fiction. | Spanish language materials—Bilingual.
Classification: LCC PZ73 .G368282 2020 (print) | LCC PZ73 (ebook) | DDC [Fic]—dc23
LC record available at https://lccn.loc.gov/2020028918
LC ebook record available at https://lccn.loc.gov/2020028919

Impreso en los Estados Unidos de América
septiembre 2020–octubre 2020
Versa Press, Inc., East Peoria, IL
5 4 3 2 1

VINCENT VENTURA

Y LOS DUENDES DIABÓLICOS

Xavier Garza

Traducción al español de Gabriela Baeza Ventura

PIÑATA BOOKS
ARTE PÚBLICO PRESS
HOUSTON, TEXAS

*Le dedico este libro a mi familia
por siempre creer en mí.*

ÍNDICE

CAPÍTULO 1
Empieza el misterio

Me despierto en la noche con el ruido de un camión U-Haul que se está estacionando de reversa en la cochera de la casa en la 666 Duende Street. Se dice que está hechizada y por eso tiene la reputación de atraer a individuos que la mayoría de la gente describiría como raros. El hecho de que mis "nuevos" vecinos hayan decidido mudarse a la casa a media noche me crea sospechas. Por la ventana observo a una señora vestida con una pantalonera negra bajándose del camión por el lado del conductor. Bosteza y estira los brazos antes de entrar a la casa y prender las luces. Le hace una seña a alguien que está adentro del camión U-Haul para que entre a la casa. Un chico se baja del lado del pasajero. Aunque parece ser alto, su cara revela que es más o menos de mi edad. El chico ignora el llamado para entrar a la casa de quien supongo es su madre. Abre la puerta trasera del camión y baja una bici plateada. *¿En verdad se va a poner a pasear a esta hora de la noche?*

1

Volteo a ver el reloj en la mesita al lado de mi cama. Son las 3:05. *¿Quién en su sano juicio se pondría a pasear en bici a esta hora?* Veo que la mujer se lleva las manos a la cabeza mostrando su frustración y vuelve a entrar a la casa. Parece que el niño está hablando solo.

—Tú no me mandas —le oigo decir.

La mujer ya está adentro de la casa, *¿a quién le estará hablando? ¿Se estará hablando solo?* Esto se está poniendo cada vez más raro.

—Ya cállate —oigo que grita y se cubre las orejas—. ¿Me vas a dejar en paz si lo hago?

Veo que levanta una piedra del suelo y mira hacia el Cadillac rosado de la señora Laurel que está estacionado en la calle. Hace una mueca como que está luchando para detenerse, pero tira la piedra justo a la ventana trasera del carro.

¡ZAS!

No lo puedo creer. ¡Acabo de ser testigo de un acto de vandalismo! *¿Por qué habrá hecho eso? Apenas ha estado en el barrio cinco minutos, no creo que conozca a la Señora Laurel, ¿cierto?*

Mientras se aleja de la escena del crimen en la bici, veo que hay algo verde sentado detrás de él. Al principio creo que es un peluche o algo así, pero luego éste se da vuelta y me mira en la cara. Sus ojos son de un rojo brillante. Entiendo que no es un simple peluche. Sea lo que sea, ¡está vivo! De repente emite un aullido fuerte y revela una boca llena de dientes blancos y afilados como agujas. La criatura se inclina hacia la oreja del niño y parece susurrarle algo. El niño se detiene y voltea hacia mí. Me está mirando. Estoy seguro de ello.

—Te veo —oigo que dice el niño.

Allí es cuando se prende la luz del porche del frente de la señora Laurel. El niño se voltea y pedalea lo más rápido que puede. Para cuando la señora Laurel descubre el daño en su carro, el niño no está por ningún lado.

¿Exactamente qué es lo que vi? ¿Qué estaba sentado detrás de la bicicleta del niño? Parece que ha llegado a nuestro barrio otro misterio de monstruos.

CAPÍTULO 2
El niño que habla solo

—No me digas que ya estás con lo mismo otra vez —dice mi primo Bobby mientras él y su hermana gemela Michelle entran a mi casita de árbol. Me agarraron espiando con mis binoculares al niño que se acaba de mover a la casa en la 666 Duende Street. Ha estado engrasando la cadena y los cambios de su bici durante los últimos cinco minutos.

—¿Qué estás viendo? —pregunta Michelle, se me acerca y me quita los binoculares de las manos—. Es guapo —dice.

—Más bien es malas nuevas —dice Bobby.

El hermano de Michelle tiene razón. El niño, cuyo nombre ahora sé que es Sayer Cantú, apenas lleva una semana en nuestra escuela y ya está metido en un montón de problemas por faltar a la escuela y por no seguir las reglas del salón. Hasta le dijo una grosería a la maestra.

—¿Así es que sí es un chico malo entonces? —pregunta Michelle con una sonrisa.

—De los más malos —agrega Bobby.

—De todos modos, es guapo —dice Michelle.

Su hermano le echa una mirada de desdén. Bobby no está muy emocionado con la idea de que su hermana se enamore de un vándalo como Sayer.

—Debo reconocer que Bobby tiene razón, Sayer es malas nuevas —le digo a Michelle—. Pero no es sólo por su comportamiento en la escuela, sino también por lo que vi la otra noche, cuando se mudaron a la casa de enfrente.

—¿Qué viste? —pregunta Michelle intrigada.

—Espero que esto no sea otro misterio de monstruos —dice Bobby moviendo la cabeza de un lado a otro.

—Siento decepcionarte —le digo—. Pero me temo que otro monstruo se ha mudado a nuestro barrio.

Enseguida los pongo al tanto de lo que vi.

—¿Y viste al supuesto monstruo verde? —pregunta Michelle.

Asiento con la cabeza.

—Pero estaba oscuro cuando lo viste, ¿cierto?

—Pues sí —le digo—. Pero sé lo que vi.

—¿Estás seguro? —pregunta Michelle levantado la ceja derecha algo incrédula —. Además de ver que era verde con una garras espeluznantes, ¿qué más viste?

—Que tiene ojos rojos.

—¿Y por cuánto tiempo viste a esta "criatura"?

—Unos segundos —digo.

—¿Así es que viste una criatura a las tres de la mañana y en la oscuridad por sólo tres segundos? ¿Y dices estar seguro de lo que viste?

—Ya sé lo que estás tratando de hacer —le digo.

Aun con todo lo que ha visto en el pasado no deja de ser escéptica. A Michelle le gusta la evidencia basada en hechos. Si no se la doy, ella no me va a creer.

—Ya te dije que te estoy diciendo la verdad.

—Sé que me estás diciendo lo que tú crees que es la verdad —dice ella—. Pero, ¿tienes hechos para comprobar lo que viste?

—No —admito de mala gana.

—Entonces, todo lo que tenemos es tu palabra basada en algo que viste a las tres de la mañana —dice Michelle—. Esos no son datos irrefutables.

Odio cuando Michelle entra en su rutina de abogada, pero así es ella.

—Estoy de acuerdo con mi hermana —dice Bobby—. No hay pruebas. Eso significa que debemos dejar todas estas tonterías del misterio del monstruo y no meternos en lo que no nos importa.

—No podemos no meternos —le digo.

—Claro que sí —dice Bobby y cierra las cortinas de la ventana—. Asunto arreglado.

—Para mí no lo es —contesto—. Si otro monstruo se ha vuelto a mudar a nuestro barrio, tenemos que hacer algo al respecto.

—No, *nosotros* no tenemos que hacer nada —dice Bobby poniendo énfasis en la palabra nosotros—. ¿Qué no aprendiste de la lección después de espiar al señor Calaveras? Terminó siendo un chupacabras, ¡híjole!

Se está refiriendo a los antiguos inquilinos de la 666 Duende Street.

—Pero no todos los monstruos son malos —les digo—. ¿Recuerdan a Zulema? —Ella y su papá se movieron a la casa después de que el señor Calaveras desapareciera misteriosamente. —Era una bruja lechuza, pero resultó ser una de las buenas.

—Pero su abuela no era muy buena, ¿verdad? —pregunta Bobby.

Es cierto. La abuela de Zulema era bien mala.

—Por poco mataron a Michelle por su culpa —me recuerda Bobby a mí.

—Estás exagerando, Bobby —dice Michelle y pone los ojos en blanco.

—¿Ya se te olvidó que tuvimos que rescatarte? —pregunta Bobby.

—No le daré la espalda —le digo—. Algo no está bien con Sayer Cantú, y lo averiguaré.

—Chicos —dice Michelle tratando de llamar nuestra atención.

El intercambio entre Bobby y yo se ha puesto tan acalorado que ninguno de los dos le ponemos atención.

—¡Chicos! —dice otra vez más fuerte.

—¿Qué? —ambos volteamos y preguntamos al mismo tiempo.

—Creo que sus gritos han llamado la atención de alguien —nos dice. Mueve la cortina y señala por la

ventana. Ambos nos acercamos y vemos que Sayer está parado al otro lado de calle y nos está mirando.

Al principio, Sayer sólo está parado allí, pero luego empieza a mover la cabeza de lado a lado, peleando consigo mismo, como la última vez. Por un momento se da vuelta y parece que se va a alejar, pero luego se detiene. Respira profundo y deja caer los hombros, como dándose por vencido. Luego asiente con la cabeza como si estuviera llegando a un acuerdo con alguien. Se agacha y agarra una piedra algo grande del suelo antes de volver a mirarnos.

—¡Cuidado! —advierte Bobby cuando Sayer lanza la piedra en nuestra dirección.

Nos tiramos al suelo segundos antes de que la piedra se estrelle contra la ventana.

¡ZAS!

Corro a la ventana cuidando de no pisar los pedazos de vidrio en el piso y veo que Sayer está a punto de salir disparado en su bicicleta. Bajo las escaleras rápidamente. Con o sin monstruo, nadie me rompe la ventana y se sale con la suya.

Sayer escucha que me estoy acercando y voltea a mirar. En eso me tiro sobre él y lo tiro de la bicicleta.

—Lo . . . lo siento —me dice Sayer—. No . . . no quise hacerlo. Él me dijo que lo hiciera.

En su voz noto que siente un verdadero temor.

—¿Quién te dijo que lo hicieras? —le pregunto—. ¿La cosa verde que vi montado detrás de ti la otra noche?

—¿La viste?

—¿Un monstruo con ojos rojos? —le pregunto—. Sí. Lo vi.

Sayer me abraza de repente. No esperaba que hiciera eso, así es que el acto me toma por sorpresa. Al principio pienso que está tratando de tirarme al piso, pero no. Es un abrazo genuino.

—Tú también lo puedes ver —dice Sayer con lágrimas en los ojos—. No estoy loco. Tú también lo ves —sigue diciendo sin parar.

CAPÍTULO 3

Él necesita nuestra ayuda

—Él necesita nuestra ayuda —le digo a Bobby.

Sayer está recogiendo los pedazos de cristal de la ventana que rompió.

—Lo siento mucho —dice Sayer—. Tengo poco dinero ahorrado en casa. Yo te pagaré el reemplazo de la ventana.

—¿Estás hablando de ayudar a Sayer Cantú? —Bobby me susurra—. ¿Uno de los chicos más traviesos de nuestra escuela?

—Siento mucho lo de la ventana, muchachos —dice Sayer de nuevo.

—Le creo cuando dice que algo lo está haciendo hacer travesuras.

—¿Por qué? —pregunta Bobby—. ¿Por qué le crees?

—Porque he visto lo que lo está forzando a hacer esas cosas —le recuerdo.

—¿Te dio miedo cuando viste por vez primera a la criatura? —pregunta Michelle mostrándole a Sayer la empatía que le falta a Bobby.

—Quedé aterrorizado —dice—. Fue poco después de que mi papá muriera cuando lo vi por primera vez. Hace cuatro años. Cada noche salía de debajo de mi cama y me hablaba. Al principio era amistoso. Hasta jugaba conmigo. Casi sólo jugábamos a las escondidas. Pero luego empezó a pedirme que hiciera cosas que yo sabía que no debía hacer . . . cosas que me podían meter en problemas.

—Tu papá se murió cuando tú tenías ocho, ¿cierto? —pregunta Bobby, finalmente mostrando algo de empatía.

Michelle y Bobby también perdieron a su papá en un accidente de auto cuando eran muy pequeños. Así es que pueden entender el dolor de perder un padre.

—¿Puedes describir cómo es la criatura? —pregunta Michelle, estirando la mano para alcanzar el cuaderno de dibujo que siempre tengo en la mochila.

—No es muy grande —dice—. Es más como del tamaño de un niño pequeño. Es verde y tiene ojos almendrados que a veces brillan en rojo.

—¿Qué más? —pregunta Michelle.

—No puedo creer que está haciendo esto —susurra Bobby. No le agrada que Michelle esté haciendo preguntas—. Vamos a terminar en medio de otro desastre con monstruos. Lo sé.

—Tiene dientes afilados como agujas en toda la boca. Tiene orejas largas y puntiagudas. Así como las de un murciélago —dice Sayer.

—¿Algo así? —pregunta Michelle levantando el cuaderno de dibujo.

Hizo un bosquejo de un rostro espeluznante que es muy parecido a lo que vi la noche cuando Sayer se mudó al barrio.

—Sí se parece —le dice y mira su reloj—. Debo ir a casa ahora.

—Oye, Sayer, vamos a tener una pijamada en la casita de árbol esta noche —le digo—. ¿Por qué no le preguntas a tu mamá si puedes acompañarnos?

—Será divertido —agrega Michelle.

—¿Por qué quieren que los acompañe si les he quebrado la ventana?

—Porque somos amigos —le digo.

Sayer me mira un momento con confusión. —¿Me consideras tu amigo? ¿Aunque recién nos hayamos conocido?

—Sí.

—Sí, todos te consideramos nuestro amigo —dice Michelle y le da un codazo a Bobby en las costillas.

—Así es —gruñe Bobby a regañadientes.

—Nunca he tenido amigos —nos dice Sayer.

¿Acaba de decir que nunca ha tenido amigos? ¿Cómo es posible eso?

—Me gustaría venir, pero se va a oscurecer en unas cuantas horas, y es entonces que la cosa verde me viene a buscar —dice Sayer—. No quisiera que me encontrara aquí con ustedes. No quiero ponerlos en peligro. Será mejor que se mantengan alejados de mí por su seguridad.

Sus palabras me destrozan el corazón. Esa criatura ha convertido a Sayer en un marginado social. Lo observamos cuando cruza la calle y mete su bici en el sótano de la casa. Se me ocurre que debemos ayudarle.

—¿Ves la cosa esa por allí? —pregunta Michelle.

—No —le digo—. No la veo.

—Entonces vamos a la biblioteca —dice Michelle mirando su reloj—. Tenemos dos horas antes de que cierren. Estoy segura de que podemos encontrar algo que nos indique qué es esa cosa.

—Entonces, ¿nos crees? —le pregunto.

—Creo que los dos están viendo algo —dice Michelle—. Lo que es esa cosa está por verse.

—Apuesto que sólo haces esto porque piensas que Sayer es guapo —Bobby la molesta.

—Es guapo —dice Michelle como si nada. —Pero, ¿y qué? Sayer está en problemas, y debemos tratar de ayudarlo.

—¿Por qué? —pregunta Bobby—. Sayer es un chico problemón.

—No estaba haciendo nada malo hace un minuto, ¿cierto? —argumenta Michelle—. Actuaba como si tuviera miedo. Igual que tú cuando murió nuestro papá.

—Ni se te ocurra hablar de eso —dice Bobby antes de darle la espalda y cruzar los brazos. Aún no está convencido de que debemos ayudar a Sayer.

—¿Qué no recuerdas lo que pasó? —pregunta Michelle.

—¿Qué pasó? —pregunto yo.

—Nada —dice Bobby—. No pasó nada, ¿okay? Vamos a la biblioteca ya.

Estiro la mano para alcanzar mi mochila y asegurarme de que tengo las herramientas para exterminar monstruos: cruces, agua bendita, paquetitos de sal, bolitas de plata y unas resorteras. Doy un vistazo hacia arriba en mi librero a un frasco para pepinos lleno de meteoritos. Son un regalo de Papá y se supone que son de verdad. Auténticas piedras que no son del planeta Tierra. Papá me dijo que estaban hechas de un 90 a 95 por ciento de acero puro. Tomo el frasco de meteoritos y lo pongo en mi mochila.

—No quiero hacer esto —dice Bobby.

—No nos va a pasar nada si hacemos un poquito de investigación —le digo.

—Está bien —dice Bobby dándose por vencido—. Pero te digo desde ahora que si aparece un monstruo, pueden olvidarse de la pijamada en la casita de árbol. Yo me iré a casa.

Dicho eso, caminamos a la biblioteca.

CAPÍTULO 4
¿Qué es un duende?

—Creo que encontré algo —dice Michelle enseñándonos un dibujo de una criatura con piel verde y ojos rojos que encontró en un libro de monstruos de Latinoamérica—. De acuerdo con el autor, el doctor Bowles, las criaturas que tú y Sayer vieron se parecen a la descripción de un monstruo del folclor latinoamericano.

—¿Qué monstruo es ese? —pregunto.

—Doctor Bowles lo llama "duende" —dice Michelle.

—¿Qué es un duende?

—Según el folclor popular mexicano, —dice Michelle— un duende es como un gnomo. Hay gnomos malvados.

—Recuerdo haber leído sobre los duendes —le digo a Michelle—. ¿Qué no son los que meten a los niños en problemas?

18

—Esa es una de las muchas cosas que pueden hacer —dice Michelle—. Algunas versiones de las historias dicen que sólo los niños pueden ver a los duendes. Y a esos niños casi siempre se les culpa de las travesuras que hacen éstos.

—Como a Sayer siempre lo están acusando de travesuras —concluyo.

Michelle mueve la cabeza asintiendo.

—¿Y por qué es que sólo los niños los ven? —pregunta Bobby.

—Porque los niños, a diferencia de los adultos, aún creen en cosas como el conejo de la cuaresma y el hada de los dientes —dice Michelle—. Creen que las criaturas supernaturales existen. Y, por lo tanto, existen para ellos.

—¿Que los niños no pueden negarse a hacer lo que quiere el duende? —le pregunto a Michelle.

—Pueden intentarlo… pero recuerda que estamos hablando de niños —dice Michelle—. El duende los puede amenazar con hacerles daño a ellos o a sus familias. Es así como los duendes manipulan a los niños para que los sigan y tomen malas decisiones.

—Pero Sayer tiene nuestra edad —dice Bobby—, y nosotros ya no creemos en el conejo de la cuaresma o en el hada de los dientes. Y no te atrevas a decirme que sí existen, Vincent.

—Sayer era pequeño cuando lo vio por primera vez —le recuerdo a Bobby—. Aún los ve porque todavía cree en ellos.

—¿Y por qué lo ve Vincent? —pregunta Bobby—. Él nunca lo vio cuando era niño.

—Estaba pensando en eso —dice Michelle—. Tengo una teoría.

—Es porque soy un creyente, ¿cierto?

—Exactamente. Tienes lo que yo llamaría "visión de monstruo". Crees en los monstruos. Por eso los puedes ver.

—Pareciera que los ves todo el tiempo —dice Bobby con sarcasmo—. Dices que a los duendes les gusta meter a los niños en problemas. ¿Por qué será?

—Al principio pensé que era sólo porque son malos —dice Michelle—. Pero después de leer más, aprendí que es sólo una parte de su plan diabólico. Lo que desea el duende es que los niños crean que nadie los quiere. Ese es el momento en que el duende ataca.

—¿Qué hace?

—Convierte al niño en un duende —dice Michelle con un gesto.

—¿En serio? —le pregunto.

—De acuerdo con el libro, así es como los duendes aumentan sus números —dice Michelle.

—¿Me estás diciendo que la cosa que persigue a Sayer antes era un niño?

—Si lo que leí es cierto, entonces la respuesta es sí.

—¿Eso es lo que espera a Sayer? —le pregunto.

—Puede ser.

"La biblioteca cerrará en diez minutos" escuchamos una voz que anuncia por las bocinas.

—Vale más que vayamos a tu casa para la pijamada —apunta Michelle.

—Le mandaré un mensaje de texto a Zulema en el camino —les digo—. Puede que ella tenga información que nos ayude a luchar con un duende.

Michelle asiente con la cabeza y nos lleva hacia la salida de la biblioteca.

—Pedirle un consejo a un bruja sobre cómo lidiar con un monstruo . . . —dice Bobby incrédulo mientras salimos del edificio.

—Ella es una bruja buena —le recuerda Michelle.

Pero Bobby sólo pone los ojos en blanco mientras empezamos a caminar.

CAPÍTULO 5

¡Sayer es nuestro!

—¿Están seguros de que quieren dormir en la casita de árbol? —pregunta mi papá—. ¿Qué no tienen miedo de que se meta un mapache o tlacuache?

—Kenny está aquí —le recuerdo. Y en ese momento ladra mi perro bien fuerte.

—Supongo que está bien si Kenny anda por aquí para protegerlos —dice Papá—. ¿Tienen sus celulares?

—Sí, los tenemos aquí —le digo.

—Entonces nos veremos en la mañana —nos dice.

Espero hasta que Papá baje la escalera antes de tomar mis binoculares. Reviso la casa y el patio de Sayer para ver si hay seña de actividad.

—¿Ves algo? —pregunta Michelle.

—Nada —le digo.

—Espero que se quede así —sugiere Bobby.

Veo que Sayer está sentado en la sala viendo la tele con su mamá. Al verlos a él y a su mamá juntos no puedo dejar de pensar que lucen perfectamente normal.

23

Sólo un niño y su mamá riendo de algo que ven en la televisión. Uno jamás pensaría que a Sayer lo está abusando un duende.

En las siguientes dos horas nos turnamos para vigilar la casa de Sayer, pero no sucede nada fuera de lo ordinario. Siento que mis ojos se empiezan a cerrar y comienzo a dormitar durante mi turno. Estoy a punto de quedarme dormido cuando Kenny empieza a gruñir.

—¿Qué pasa, amigo?

—¿Qué está pasando? —pregunta Michelle.

—¿Vio algo? —pregunta Bobby.

—Creo que sí —les digo.

Con cuidado, mi perro camina hacia la esquina del lado derecho de la casita de árbol. De repente de la pared estalla una nube de humo blanco hacia él. Kenny emite un aullido alto y se tira al suelo.

—¡Kenny! —grito y corro hacia él. Respiro con alivio cuando vemos que sólo está dormido.

—Sayer es nuestro —alguien emite un susurro con voz aguda detrás de nosotros.

Justo en ese momento se apaga la lámpara de la casita.

—¿Quién apagó las luces? —pregunta Bobby.

Tomo mi celular y presiono la aplicación de la linterna. Apunto la luz hacia la pared y logro ver algo verde que se aleja de la luz. ¿Qué usaremos para protegernos de un duende? En mi mochila tengo agua bendita, pero ¿qué efecto puede tener el agua bendita sobre ellos?

—Sayer es nuestro —vuelvo a oír que la voz susurra detrás de mí.

—Ahora prendo las luces —dice Bobby y prende la lámpara.

Y allí está: la criatura verde que vi la otra noche montado detrás de Sayer en la bicicleta.

Seguramente Michelle encuentra que la historia de Sayer es cierta porque ahora ella también puede ver al duende. Sus pequeños ojos rojos nos devuelven la mirada.

En ese momento, el duende se enfoca directamente en Bobby.

—No puede ser —dice Bobby, revelando que lo ve también.

—Yo te conozco —dice el duende, su huesudo índice señala a Bobby—. ¡TE CONOZCO!

—No puedes existir de verdad —dice Bobby—. ¡No puedes existir de verdad!

—Te conozco —vuelve a decir el duende—. ¡Te conozco . . . Bobby! —El duende de repente se trepa a los hombros de Bobby.

Mi celular hace bip indicándome que tengo un mensaje. Es un texto de Zulema:

LOS DUENDES SON VULNERABLES AL HIERRO

¿Acero? ¿Qué tengo que esté hecho de hierro? Luego recuerdo. Pero necesito una distracción para poder llegar a ellos.

—Te conozco —el duende le sigue diciendo a Bobby.

—No existes de verdad —dice Bobby. Cierra los ojos y lanza el torso hacia el frente y así arroja al duende contra la pared.

—Déjalos en paz —oímos que Sayer grita desde afuera de la casita de árbol—. Aléjate de ellos —advierte mientras empieza a subir la escalera.

—¡AYAYAYAY! —de repente grita el duende con alaridos de dolor.

Kenny se ha recuperado y tiene la pierna derecha del duende atrapada en su hocico. El duende está distraído con la llegada de Sayer y el ataque de Kenny. En eso me tiro para alcanzar la mochila. Logro sacar la resortera y los meteoritos. Abro el frasco y saco una de las rocas más grandes y la acomodo en la resortera. Espero que mi papá haya tenido razón sobre el alto porcentaje de hierro en los meteoritos. Cuidando de apuntar bien, estiro la liga y disparo. El duende emite un grito terrible cuando la roca le pega en el ojo derecho. Me sorprende que empiece a salir humo de la cuenca del ojo del duende. Éste se azota para atrás y para adelante antes de convertirse en un charco de baba verde.

—¿Eso es todo? —pregunta Sayer cuando llega a la casita—. ¿Está muerto?

Me pregunto si es así de fácil. Mi celular vuelve a sonar, avisándome que tengo otro mensaje de texto. También es de Zulema. Al leer el mensaje, mi corazón se derrumba. Me dice que el problema del duende aún no se ha terminado.

TEN CUIDADO VINCENT
LOS DUENDES SIEMPRE VIAJAN EN GRUPOS
DE TRES!!!

CAPÍTULO 6

Más que uno

—¿Hay más de uno? —pregunta Sayer incrédulo.

—Eso es lo que dice mi amiga Zulema —le digo—. Los duendes siempre andan en grupos de tres. Seguro esa es la razón por la que el duende sigue diciendo que Sayer es *nuestro*, en vez de *mío*.

—¿Y esa Zulema que mencionas es una bruja?

—Una bruja buena —agrega Michelle—. ¿Has visto a más de un duende, Sayer?

—Siempre he visto solamente uno —dice Sayer.

—Pero ¿siempre ha sido el mismo? —le pregunto.

Sayer alza los hombros. —Supongo que todos los duendes podrían verse igual. . . . Eso explica por qué había un duende en tu casita justo al mismo tiempo que otro duende me estaba diciendo que me arrepentiría si me metiera en donde no me importaba. De hecho, venía a advertirles que se mantuvieran alejados.

28

—Sabía que esto iba a pasar —dice Bobby—. Se los advertí a todos. Les dije que no debíamos meternos en todas estas tonterías de monstruos, pero no me hicieron caso. ¿Cierto? Ahora, miren lo que han hecho. No sólo tenemos que lidiar con un monstruo, tenemos tres.

—De hecho, sólo dos —dice Michelle—. Estoy segura de que el duende que se transformó en baba verde ahora está muerto.

—Ese duende dijo que te conocía, Bobby. ¿Por qué habrá dicho eso? —pregunto.

—No quiero hablar de eso —insiste Bobby.

—Tienes que decírselo —dice Michelle.

—No, no tengo que —dice Bobby—. Porque eso nunca pasó.

—¿Qué es lo que nunca pasó? —le pregunto a Bobby.

—Te persiguió un duende, ¿verdad? —pregunta Sayer.

—No era un verdadero duende —dice Bobby.

—Sí lo era —Sayer difiere.

—No quiero que sea verdadero.

—¿Tienes alguna idea de cuántas veces he deseado que mi duende no fuera verdadero? —pregunta Sayer—. ¿Cuándo se te apareció por primera vez?

—Fue . . . fue después de que Papá murió —dice Bobby y respira profundo—. Papá y yo siempre íbamos juntos a todos lados. Cuando murió, me sentí perdido. No quería hablar con nadie.

—¿Es cuando apareció el duende por primera vez? —pregunta Sayer.

Bobby asiente con la cabeza.

—Es lo que hacen. Llegan cuando tú estás vulnerable y pretenden ser tu amigo.

—Y entonces tratan de hacerte hacer cosas que te meten en problemas —agrega Bobby.

—Y, ¿cómo le hiciste para que te dejara en paz?

—Después de que mi papá murió y empecé a meterme en problemas, nuestra mamá no sabía qué hacer —explica Bobby—. Así es que ella decidió que estar más cerca de la familia ayudaría. Por eso nos mudamos de Corpus Christi para acá. Creo que el duende me dejó en paz porque al llegar aquí siempre estaba yo rodeado de parientes. Si no estaban mi mamá o mi hermana, estaban mis tías, tíos y primos. Casi nunca volví a estar solo. Así es que era difícil que el duende me metiera en problemas. Pensé que se había dado por vencido y se había ido. Aún me dolía que mi papá no estuviera aquí. Pero tener a mi familia alrededor hizo que el dolor disminuyera un poco. Nunca más volví a ver el duende hasta hoy. Así es que dejé de creer que en la existencia de duendes.

—La familia no me sirve de mucho —confiesa Sayer—. Creo que sólo somos mi mamá y yo.

—La familia no tiene que ser de sangre —le recuerdo. Pongo mi mano derecha sobre su hombro—. Vamos a encontrar la forma de ayudarte.

—¿Pero cómo? —pregunta Bobby—. No sabríamos dónde empezar a buscarlos.

—De lo que he leído en línea, los duendes pueden achicarse a sí mismos tanto que pueden pasar por las aperturas más pequeñas —dice Michelle—. Se dice que pueden hacerse tan chiquitos que podrán pasar por un hoyito en la pared del tamaño de la cabeza de un alfiler.

—Eso quiere decir que pueden esconderse en cualquier lugar —digo—. ¿Cómo podemos saber dónde para empezar a buscarlos?

—Donde buscarlos es bien obvio, Vincent —dice ella—. De acuerdo con mi investigación, los duendes con frecuencia se esconden en las recámaras de los niños pequeños. Sayer, tú eres hijo único, ¿cierto?

Sayer asiente.

—Eso significa que los duendes deben estar en tu cuarto —ofrece Bobby—. Así es que es allí donde debemos empezar a buscarlos. Pero, ¿cómo vamos a luchar contra ellos? ¿Cómo los vamos a detener?

—Con el hierro —anuncio—. El hierro destruye a los duendes.

—¿Por qué? —pregunta Sayer.

—Históricamente hablando, que el hierro sea un arma contra los duendes tiene sentido —explica Michelle—. Los duendes son criaturas del folclor. El hierro se usa para repeler fantasmas, brujas, hadas y otras criaturas sobrenaturales. El concepto de "hierro frío" con frecuencia se asocia con la forma en la que se forjan las armas en el folclor. Éstas pueden hacerse en forma de herradura para protegerse de espíritus malos. Se supone que un cerco de hierro alrededor de un cementerio no deja que los fantasmas perdidos escapen. Tiene sentido que un meteorito, con su alto contenido de hierro, sea

como una bala al lanzarse de una resortera hacia un duende.

—Pero el meteorito de Vincent hizo más que repelar al duende —grita Bobby entusiasmado—. ¡Literalmente lo destruyó!

—También tengo una teoría sobre eso —dice Michelle—. En el folclor cualquier hierro que viene del meteorito se llama "hierro del cielo". En la antigüedad se consideraba el hierro del cielo como forjado por los mismos dioses. Y era muy preciado en la elaboración de espadas y otras armas. Un arma hecha de hierro del cielo debe ser capaz de repelar a un duende y hasta de destruirlo.

—¿Y los meteoritos son así de poderosos? —exclama Sayer.

—Parece que sí, ya que un tiro de uno de ellos hizo que el duende se convirtiera en un charco de baba verde —digo con orgullo.

—Así es que podemos asumir que los duendes deben estar escondidos en alguna parte del cuarto de Sayer —nos recuerda Michelle.

—Escondidos en un agujero del tamaño de la cabeza de un alfiler —agrega Bobby.

Michelle asiente. —Eso será como buscar una aguja en un pajar.

—A lo mejor no —digo—. Tengo un plan. ¿Qué te parece si hacemos una pijamada en tu casa, Sayer?

CAPÍTULO 7

Operación pijamada

—Nunca he ido a una pijamada —dice Sayer.

—¿Nunca? —pregunta Michelle—. ¿Ni siquiera cuando estabas en la primaria?

—Es difícil estar en una pijamada cuando no tienes amigos —explica Sayer, sonrojándose—. Digo, ningún Papá le permitiera a su hijo quedarse a dormir en casa del niño que siempre está en la oficina del director, ¿cierto?

A Michelle se le hizo un nudo en la garganta al oír la tristeza en las palabras de Sayer.

—Bueno, ahora ya tienes amigos —le dice ella, dándole un abrazo.

—¿Está todo bien? —pregunta la mamá de Sayer al dejarnos una pizza y refrescos. Estaba genuinamente sorprendida cuando Sayer preguntó si podía tener una pijamada con sus amigos.

—Todo está bien, Mamá —dice Sayer.

—Si necesitan algo, me dicen —continúa—. Estaré abajo en mi cuarto.

—Gracias, Señora Cantú —le digo.

34

—En serio —continúa—, si necesitan más pizza, sólo me lo dicen. ¿Para qué sirve que yo sea el asistente de supervisor en Sal's Pizzeria si mi hijo y sus amigos no pueden sacar provecho de eso?

—Estamos bien, Mamá —dice Sayer, un poco avergonzado de todo el escándalo que está haciendo su mamá.

—Muy bien—dice—. Ya me doy por aludida. Pero se los digo en serio: estaré abajo por si necesitan algo.

Empezamos a comer mientras esperamos que la mamá de Sayer se duerma para repasar nuestro plan para lidiar con el problema del duende.

—¿Estás seguro de que tu mamá no se va a despertar? —le pregunto a Sayer.

—Confía en mí —me dice Sayer—. Cuando mi mamá se queda dormida, sólo la explosión de una bomba la puede despertar.

—De acuerdo con la investigación de Michelle, los duendes se esconden en los lugares más oscuros de un cuarto. Un lugar que tenga muy poca luz del sol.

—El closet —dice Sayer—. Tiene que ser el closet.

—Y, ¿cómo es que vamos a encontrar un agujero del tamaño de la cabeza de un alfiler? —pregunta Bobby.

—Con esto —le digo, sacando un frasco de comida de bebé lleno de polvo.

—¿Qué es eso? —pregunta él.

—Se llama óxido de hierro.

—¿Dónde lo conseguiste? —pregunta Michelle.

—Mi papá tomó un clase de cerámica el verano pasado. El óxido de hierro fue uno de los ingredientes que usó para mezclar el vidriado. Mi teoría es que si

esparcimos este polvo alrededor de closet, los duendes tendrán que salir de sus escondites.

—¿Por el contenido de hierro? —pregunta Michelle.

—Exactamente.

—¿Cómo sabremos si va a funcionar? —pregunta Sayer—. Estamos hablando de un agujero chiquitito.

—No sé si funcionará —le digo—. Es sólo una teoría. Pero las partículas del óxido de hierro son unas de las más pequeñas en el mundo.

—¿Serán lo suficientemente pequeñas para entrar en un agujero del tamaño de la cabeza de un alfiler? —pregunta Michelle.

—Espero que sí.

—Y ¿cuándo quieres hacer esto? —pregunta Sayer.

—Esperemos un poquito para asegurarnos que tu mamá esté dormida. Cuando esté dormida y fuera de peligro, entonces pondremos mi teoría a la prueba.

—¿Qué si no funciona? —pregunta Bobby—. ¿Cómo nos defendemos de los dos duendes que quedan?

—Con esto —digo y saco cuatro resorteras y el jarro con los meteoritos de mi mochila—. Usaremos el hierro de cielo —digo de forma dramática—. Usaremos estas armas forjadas en los mimos cielos para deshacernos de ellos.

—Te has puesto muy melodramático otra vez, Vincent —dice Michelle, y pone los ojos en blanco. Le mira a Sayer y le dice—: A veces hace eso. Ya te vas a acostumbrar.

CAPÍTULO 8

Cazando duendes

Con una lupa y una linterna en las manos, cuidadosamente examinamos el closet de Sayer.

—Estamos buscando cualquier seña de un agujero, no importa qué tan pequeño sea —digo.

—¿Crees que este puede ser uno ellos? —pregunta Michelle, señalando una pequeña abertura adentro del closet.

—Podría serlo —digo—, así como también esa marca en la esquina del closet.

—Te dije que esto sería como buscar una aguja en un pajar —dice Bobby en un tono petulante.

—Tengo una idea —anuncio y recojo mi mochila. Saco un abanico portátil pequeño y lo prendo para ver si sirve.

—¿Por qué tienes un abanico portátil en la mochila? —pregunta Sayer.

Bobby lo empuja con el codo. —No preguntes . . . un abanico portátil es probablemente el objeto menos raro que tenga en la mochila.

Regreso al closet y le doy el abanico a Michelle.

—Préndelo cuando te dé la señal.

Destapo el frasco de comida de bebé y pongo un poco del óxido de hierro en la palma de mi mano.

—Michelle, préndelo ahora.

Las astas del abanico esparcen el polvo por todos lados. Michelle mueve el abanico en un círculo para asegurarse de que el óxido de hierro se esparza por todo el closet. Le hago una seña para que apague el abanico y dé un paso atrás. Cierro la puerta del closet.

—Ahora hay que esperar —digo.

Resulta que no tenemos que esperar por mucho tiempo. Muy pronto oímos una tosecita que sale del closet.

Vemos que la perilla se mueve, y que la puerta se abre con un chirrido.

—Preparen las resorteras —les ordeno como el capitán de un ejército.

Vemos que un duende sale del closet a tropezones agarrándose el cuello y tratando de tragar aire. Sayer lanza un meteorito hacia el duende. Por puro instinto, el duende lo atrapa en la mano derecha e instantáneamente desea no haberlo hecho. Un líquido espeso como baba verde empieza a salir de la mano del duende, y éste se cae al suelo agonizando. El duende empieza a disolverse ante nuestros ojos hasta que no queda nada más que un charco de baba verde burbujeante y sucia.

—¿Eso es todo? —pregunta Sayer.

—Zulema dijo que los duendes andan en grupos de tres —les recuerdo—. Está el de la casita de árbol y con el del closet son dos. Nos falta uno.

—¿Crees que aún está aquí? —pregunta Michelle, asomándose al closet.

—No creo —digo—. Seguramente ya lo habría sacado de allí el óxido de acero.

—Y ¿dónde más crees que puede estar? —pregunta Bobby.

—Sayer, ¿dijiste que el duende sale de debajo de tu cama y te habla?

—¿Crees que se está escondiendo debajo de mi cama? —pregunta Sayer.

Bobby inmediatamente empuja la cama lejos de la pared. Me agacho y empiezo a buscar algún agujerito.

—No veo nada —digo—. Pero si Sayer dice que el duende sale de debajo de su cama para hablarle y si no hay nada en el suelo o en la pared, entonces ¿de dónde viene?

Vuelvo a mirar a Sayer y le pregunto: —¿Cuánto tiempo tienes con este colchón?

—Como cuatro años.

Quito el colchón de la cama de Sayer, le doy vuelta y le quito la cubierta. Reviso la parte de abajo con mi lupa. Veo lo que parece ser una pequeña ruptura. Le hago una seña a Michelle para que me pase el óxido de hierro.

—¿Crees que se ha estado escondiendo en mi cama todo este tiempo? —pregunta Sayer.

—Sólo hay una forma de averiguarlo —le digo y empiezo a destapar el jarro.

Antes de que pueda quitarle la tapa, algo chilla adentro del colchón.

—¡No! —grita el duende y salta hacia nosotros.

—Se me cae el frasco de la mano cuando me empuja hacia Michelle, y ambos caemos al piso.

—Como me quitaste a mis amigos —dice el duende—, me voy a llevar a tus amigos.

Sopla polvo blanco sobre Sayer y Bobby. Eso hace que los dos caigan al suelo inconscientes. Enseguida, el duende susurra algo en la oreja derecha de Sayer y le rasca la parte de atrás del cuello.

—Ahora tiene la maldición —dice el duende, con una sonrisa malévola—. Sayer lleva mi marca. No podrá resistir ser como yo, lo será dentro de poco.

Luego, con la otra garra rasga la pared. El rasguño crece ante nuestros propios ojos hasta convertirse en una grieta grande. Cuando el duende empieza a jalar a Bobby por la abertura, trato de detenerlo, pero no lo logro. Aterrorizado, sólo puedo ver que la grieta empieza a reducirse hasta que queda del tamaño de la cabeza de un alfiler.

—Es mi culpa —oigo decir a Sayer. Está de rodillas—. Es mi culpa. No debí haberlos metido en esto.

—¿Qué te dijo el duende, Sayer?

—Dinos —dice Michelle—. Tenemos que traer a mi hermano de vuelta.

—Lo siento —dice Sayer, cubriéndose la cara.

—¿Qué pasa, Sayer? —le pregunto—. ¿Estás bien, amigo?

—Les dije que no se me acercaran.

—Vamos a traer a Bobby de vuelta —le digo. Vuelvo a mirar a Michelle—. Te lo prometo.

Sayer aún se está tapando la cara con las manos.

—Sayer, ¿qué pasa?

—¿Qué pasa? —Sayer me pregunta—. Mírame —dice y se quita las manos de la cara—. Mírame, dime tú qué pasa, Vincent.

—Tu cara . . . —digo.

La cara de Sayer ahora tiene un tono verde claro. Sus ojos también tienen un color medio rosado.

—Me infectó. Me estoy convirtiendo en uno de ellos —grita—. Me estoy transformando en un duende.

—Pero aún no —insisto—. Puedes luchar contra ello.

—¿Para qué? —dice Sayer—. Tal vez el duende tiene razón: a lo mejor sí soy como él.

—No es cierto, Sayer. Todos tenemos el derecho a tomar nuestras propias decisiones. Tú tienes ese derecho ahora mismo. Puedes ser como él o ayudarnos a salvar a Bobby. Tú puedes ayudarnos a salvar a nuestro amigo.

Sayer cierra los ojos y respira hondo. —¿Aún quieres ser mi amigo?

—Sí —le aseguro.

—Los dos —dice Michelle—, lo mismo Bobby. ¿Podemos dejar de platicar e ir a salvar a mi hermano?

—El duende me dijo que estaría esperándonos en el sótano —dice Sayer—. Que no llevemos la mochila y los meteoritos, Vincent. Y dijo que si nos ve llegar con cualquier cosa que parezca un arma, que se desquitará con Bobby.

—Si hacemos eso, no tendremos con qué defendernos —digo.

—No necesariamente —dice Michelle.

—¿Qué quieres decir? —pregunta Sayer.

—Dijo que si nos ve cargando cualquier cosa que parezca un arma, le hará daño a Bobby, ¿cierto? —dice Michelle—. Entonces, sólo tenemos que asegurarnos de que no vea lo que llevamos.

—¿Cómo vamos a hacer eso?

—Confíen en mí, chicos —dice Michelle—. Tengo un plan.

CAPÍTULO 9
El plan magistral de Michelle

—¿Están listos? —le pregunto a Michelle, quien se está atando el cabello en una cola con una liga.

Asiente y hace una seña de okay con el pulgar.

Mientras espero a que termine, no puedo dejar de pensar en lo agradecido que estoy de que la mamá de Sayer siga dormida. El hecho de que tenga el sueño pesado significa que si sobrevivimos esta noche, probablemente no tendremos que explicar todo lo que ha pasado hasta ahora. Especialmente porque no quiero tener que explicarle que su hijo está a medias de convertirse en un duende.

—Sólo tenemos una oportunidad para hacer esto —dice Sayer y me da la llave de la puerta del sótano—. ¿Qué si no funciona?

—Sí va a funcionar —le aseguro a Sayer mientras meto la llave y abro la puerta.

45

—Voy a prender las luces —dice y alcanza el interruptor—. ¿Dónde creen que el duende tiene a Bobby?

Veo que la puerta en la esquina del cuarto está abierta un poquito. —¿Acostumbran a dejar esa puerta abierta?

—Nunca —dice.

Puede ser una trampa, pero como Sayer está a punto de convertirse en duende, no tenemos tiempo para irnos con cautela. Les hago una seña a Michelle y a Sayer para indicarles que planeo ver qué hay adentro. Encontramos a Bobby amarrado a una silla adentro del cuarto. Nos acercamos rápidamente y lo desatamos.

—Tienen que irse de aquí —dice Bobby—. Es una trampa.

—Fueron muy tontos en venir aquí desarmados —dice el duende detrás de nosotros.

Damos media vuelta y vemos que está parado enfrente de las escaleras. Nos tiene atrapados.

—Sayer es mío ahora —dice apuntando a Sayer con el dedo con pleno deleite.

En eso, Sayer se deja caer de rodillas. Su piel empieza a tornarse más verde que antes y sus ojos ahora están completamente rojos.

—Es mi culpa —Sayer lloriquea—. Aléjense mientras puedan.

—No, no te vamos a dejar —le digo—. Y nada de esto es tu culpa. Todo esto es culpa de él —digo, apuntando al duende—. Tienes que luchar contra él, Sayer. No puedes dejarlo ganar.

La transformación de Sayer parece detenerse. Está luchando con todos sus esfuerzos para mantenerse como humano.

—¡Silencio! —grita el duende al mismo tiempo que se tira sobre nosotros.

Primero avienta a Bobby contra la pared y, enojado, me empuja al piso. Desesperado, intenta cubrirme la boca para que me calle. —¡Cállate! —me grita—. ¡Cállate!

—¡No te dejes, Sayer!

—Hablas demasiado —gruñe el duende—. Pero te voy a enseñar a cerrar la boca.

El duende abre su mano derecha y las uñas le empiezan a crecer. Pronto están del tamaño de un cuchillo de carnicero.

—¿Sabes qué hago con las lenguas de niños que como tú hablan demasiado? ¡Se las corto y me las como para la merienda!

—¡Suéltalo! —oigo que grita una voz.

El duende emite un grito terrible cuando alguien me lo quita de encima al agarrarlo de las orejas.

—¿Quién se atreve a . . . ? —pregunta el duende.

Es Sayer. Ya su piel no es verde y sus ojos tampoco son rojos. Sayer logró romper la maldición del duende con el puro deseo de liberarse.

—No es posible —grita el duende—. ¡Es imposible romper la maldición de un duende!

—Todo es posible cuando tienes amigos que creen en ti —declara Sayer—. Ya no me vas a mandar. No tienes ningún poder sobre mí.

Sayer y yo nos abalanzamos sobre el duende para atraparlo en el piso. Bobby está tratando de sujetar sus piernas, pero el duende no deja de patear y empujarnos. No lo podemos controlar.

—¿Crees que me vas a ganar sin tu preciado hierro del cielo —se burla el duende.

Vemos como la boca del duende se engrandece tanto que pueda tragarse a uno de nosotros entero. Justo cuando el duende está a punto de soltarse, Michelle se coloca frente a nosotros, se quita el elástico de la cola y lo coloca en un armazón de madera en forma de Y que saca de detrás de tu camiseta. Luego abre la boca y saca un meteorito con la mano derecha. Sin poder hacer algo, el duende ve que Michelle levanta la resortera y la apunta directamente a la boca abierta del duende.

—Te engañé —dice y lanza el meteorito justo a la boca del duende.

Éste se agarra el cuello y empieza a azotarse dando vueltas en el piso, tratando con desesperación de sacar el hierro de la garganta. Justo en eso su cuerpo empieza a llenarse de llagas y a quemarse.

—¿Qué esperan? —grita Bobby—. ¡Protéjanse! ¡Va a explotar!

Corremos y nos escondemos detrás de una banca de trabajo justo cuando el duende explota como un globo lleno de agua. Lo único que queda de él es un charco de baba verde, y ni que decir de las gotitas de baba que caen encima de nosotros y en todo nuestro alrededor. ¡Guácatelas!

CAPÍTULO 10

Nuevos inicios

—Me encantaría que no te tuvieras que mudar —ruega Michelle.

—Es una buena oportunidad para mi mamá —explica Sayer.

A su mamá la ascendieron a supervisora de la nueva Sal's Pizzeria en el otro lado de la ciudad. Desafortunadamente, eso significa que Sayer y su mamá tendrán que mudarse cerca del restaurante.

—Seguiremos viéndonos en la escuela —promete Sayer.

—Sabes que cuando te conocí por primera vez, no me caíste muy bien —confiesa Bobby.

—Me di cuenta —dice Sayer.

—Pensé que no eras un buen chico. Que no eras más que un travieso. —Parece que Bobby está listo para seguir hablando de por qué no aprobaba de Sayer al principio.

Michelle le da un codazo en las costillas.

Bobby agarra la onda. —Bueno, sólo quiero decir que me equivoqué. Eres un chico *cool*. Voy a echar de menos verte en el barrio.

—No hay más duendes, ¿verdad? —le pregunto a Sayer.

—Ya se fueron —dice—. Han pasado más de dos meses y no ha aparecido ningún duende. Ya se fueron todos.

—Me da gusto oír eso —digo.

—Tengo algo para ti, por si acaso —dice Michelle y mete la mano al bolsillo. Saca un collar con un pendiente de meteorito.

—Fue su idea —le digo.

—Ustedes son los mejores amigos —dice Sayer—. No sé cómo agradecerles todo lo que han hecho por mí. Gracias a ustedes tres, por fin tengo la oportunidad de tener una vida normal.

—Creo que ya estamos listos para salir —oímos que la mamá de Sayer dice desde el otro lado de la calle.

—Dame un minuto, Mamá —dice—. Michelle, ¿puedo hablar contigo por un segundo a solas?

—Claro —responde ella.

—¿Por qué tienes que hablar con ella a solas? —pregunta Bobby.

—Dales un minuto, Bobby —le digo, sonriendo.

—¿Un minuto para qué? ¿Qué tiene que decirle que no pueda decir enfrente de nosotros?

—¿Honestamente no te has dado cuenta?

—¿Cuenta de qué?

Justo en eso vemos que Sayer le dice algo a Michelle que la hace sonreír y sonrojarse. Michelle asiente y le un abrazo fuerte a Sayer.

—No puede ser —dice Bobby.

Sayer empieza a caminar hacia el carro de su mamá con una sonrisota boba.

—Nos vemos en la escuela, chicos —Sayer nos grita a nosotros.

—¿Qué te dijo? —Bobby le pregunta a Michelle, quien aún está sonriendo de oreja a oreja.

—Qué te importa —responde y empieza a caminar a casa.

—¿Le hizo la pregunta? —me susurra Bobby.

—Creo que sí.

—¿Crees que ella dijo que sí? Vale más que no.

—Creo que dijo que sí —respondo, sonriendo—. Creo que tu hermana tiene novio.

—No puede ser —dice Bobby—. No lo voy a permitir.

—No creo que le importe a ella lo que digas.

—Soy tu hermano mayor —le grita Bobby a Michelle y sale corriendo detrás de ella—. Te lo prohíbo.

—Eres mayor que yo por dos minutos —oigo que Michelle le recuerda.

CAPÍTULO 11
Se renta de nuevo

Desde mi casita de árbol veo que se estaciona una van en la cochera de la casa en la 666 Duende Street. Ya han pasado cinco semanas desde que Sayer y su mamá se mudaron. A Sayer le está yendo bien en la escuela. Hasta se metió al equipo de atletismo. Él y Michelle aún andan juntos, muy a pesar de su hermano Bobby. Veo que cuatro hombres vestidos con overoles negros salen de la van cargando artículos de limpieza. Uno de los cuatro tiene un anuncio que tiene un mensaje que ya conozco.

SE RENTA

¿Quiénes serán los siguientes inquilinos de la casa en la 666 Duende Street? ¿Será una familia perfectamente normal, para variar? ¿O será una familia atormentada por un monstruo? O tal vez serán monstruos. Sea lo que sea, estaré listo porque yo soy Vincent Ventura, el exterminador de monstruos.

54

FOR RENT
6-666-6666

Otros libros de Xavier Garza

Creepy Creatures and Other Cucuys

*Donkey Lady Fights La Llorona and Other Stories /
La señora Asno se enfrenta a la Llorona y otros cuentos*

*Kid Cyclone Fights the Devil and Other Stories /
Kid Ciclón se enfrenta a El Diablo y otras historias*

Rooster Joe and the Bully / El Gallo Joe y el abusón

*Vincent Ventura and the Mystery of the Chupacabras /
Vincent Ventura y el misterio del chupacabras*

*Vincent Ventura and the Mystery of the Witch Owl /
Vincent Ventura y el misterio de la bruja lechuza*

Also by Xavier Garza

Creepy Creatures and Other Cucuys

*Donkey Lady Fights La Llorona and Other Stories /
La señora Asno se enfrenta a la Llorona y otros cuentos*

*Kid Cyclone Fights the Devil and Other Stories /
Kid Ciclón se enfrenta a El Diablo y otras historias*

Rooster Joe and the Bully / El Gallo Joe y el abusón

*Vincent Ventura and the Mystery of the Chupacabras /
Vincent Ventura y el misterio del chupacabras*

*Vincent Ventura and the Mystery of the Witch Owl /
Vincent Ventura y el misterio de la bruja lechuza*

Praise for the Monster Fighter Mystery series

"Garza delves into Spanish folklore and adds action, horror and mystery to create a wonderfully exciting book. The descriptive Spanish and high vocabulary make it a strong addition to both elementary and middle school mystery sections."
— *Booklist* on *Vincent Ventura and the Mystery of the Chupacabras / Vincent Ventura y el misterio del chupacabras*

"This fun, illustrated Spanish/English short chapter book has enough Mexican folklore and American teen angst to keep middle grade and reluctant readers interested in the otherworldly adventures of the monster-fighter extraordinaire."
— *School Library Journal* on *Vincent Ventura and the Mystery of the Witch Owl / Vincent Ventura y el misterio de la bruja lechuza*

"Garza's cool series sequel offers a little mystery, a little action, and a lot of fun. A breezy read, Vincent's latest adventure packs folkloric elements in a fast-paced tale that's sure to entice reluctant readers. Similar to its predecessor, this bilingual novel contains both English and Baeza Ventura's Spanish versions, with the latter being superior in readability. A real hoot."
— *Kirkus* on *Vincent Ventura and the Mystery of the Witch Owl / Vincent Ventura y el misterio de la bruja lechuza*

JUL   2021

VINCENT VENTURA
AND THE DIABOLICAL DUENDES

Xavier Garza

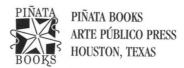

PIÑATA BOOKS
ARTE PÚBLICO PRESS
HOUSTON, TEXAS

Vincent Ventura and the Diabolical Duendes is funded in part by the Texas Commission on the Arts. We are grateful for their support.

The author and Arte Público Press are grateful to Travis A. Bryson, a second-grader, for his careful editing.

Piñata Books are full of surprises!

Piñata Books
An imprint of
Arte Público Press
University of Houston
4902 Gulf Fwy, Bldg 19, Rm 100
Houston, Texas 77204-2004

Illustrations by Xavier Garza
Cover design by Mora Des!gn

Names: Garza, Xavier, author, illustrator. | Baeza Ventura, Gabriela, translator. | Garza, Xavier. Vincent Ventura and the diabolical duendes. | Garza, Xavier. Vincent Ventura y el misterio de los duendes diabólicos. Spanish.
Title: Vincent Ventura and the diabolical duendes = Vincent Ventura y los duendes diabólicos / Xavier Garza ; illustrations by Xavier Garza ; traducción al español de Gabriela Baeza Ventura.
Other titles: Vincent Ventura y los duendes diabólicos
Description: Houston, Texas : Arte Público Press, Piñata Books, [2020] | Series: [Monster fighter mystery ; 3] | Audience: Grades 4-6. | Summary: When Sayer Cantú moves into the neighborhood, Vincent Ventura sees a weird creature terrorizing the boy, so he recruits his cousins and gathers his monster-fighting tools for another showdown.
Identifiers: LCCN 2020028918 (print) | LCCN 2020028919 (ebook) | ISBN 9781558859098 (trade paperback) | ISBN 9781518506345 (epub) | ISBN 9781518506352 (kindle edition) | ISBN 9781518506369 (adobe pdf)
Subjects: CYAC: Mystery and detective stories. | Monsters—Fiction. | Friendship—Fiction. | Hispanic Americans--Fiction. | Spanish language materials—Bilingual.
Classification: LCC PZ73 .G368282 2020 (print) | LCC PZ73 (ebook) | DDC [Fic]—dc23
LC record available at https://lccn.loc.gov/2020028918
LC ebook record available at https://lccn.loc.gov/2020028919

Vincent Ventura and the Diabolical Duendes
©2020 by Xavier Garza

Printed in the United States of America
September 2020–October 2020
Versa Press, Inc., East Peoria, IL
5 4 3 2 1

*This book is dedicated to my family.
They have always believed in me.*

Table of Contents

CHAPTER 1
The Mystery Begins

I am awakened at night by the sound of a U-Haul truck backing into the driveway at the house at 666 Duende Street. Rumored to be haunted, the house has a reputation for attracting individuals that most people would describe as strange. The fact that my "new" neighbors have chosen to move into the house in the middle of the night makes me suspicious. Through my window, I see a woman dressed in black joggers step down from the driver's side of the U-Haul truck. She yawns and stretches out her arms before going inside the house and turning on the lights. She gestures at somebody in the U-Haul truck to come inside. A boy steps down from the passenger's side of the truck. He looks tall, but his young face reveals that he is probably close to my age. He ignores the request to go inside from what I assume to be his mother. Instead, he opens the back of the truck and pulls out a silver-colored bike. *Is he really going to ride his bike this late at night?* I

1

turn to look at the clock on the table next to my bed. It's already five minutes past three AM. *Who in their right mind goes out biking during the witching hour?* I see the woman throw her hands up in the air in frustration and go back inside the house. The boy seems to be talking to himself.

"You can't tell me what to do," I hear him say.

The woman has already gone inside, so who is he talking to? *Is he just ranting to himself? This is getting weirder by the minute.*

"Shut up already," I hear him scream and then cover his ears. "If I do it, will you leave me alone?"

I watch as he picks up a rock from the ground and turns to look at Mrs. Laurel's pink Cadillac parked up the street. Grimacing, as if struggling to stop himself, he throws the rock right at the car's rear window.

SMASH!

I can't believe it. I've just witnessed a blatant act of vandalism! *Why would he do that? He's barely been in the neighborhood for five minutes. He can't possibly know Mrs. Laurel, can he?*

As he is fleeing the scene of the crime on his bike, I notice something green perched behind him. At first, I think it's a stuffed animal of sorts, but then it turns around and looks right at me. Its eyes glow red. I realize that this is no mere stuffed animal. Whatever it is, it's alive! Suddenly, it gives out a loud shriek, revealing a mouth full of needle-like white teeth. The creature leans into the boy's ear and seems to be whispering to him.

The boy stops peddling and turns to look in my direction. He's looking right at me now. I'm sure of it.

"I see you," I hear the boy say.

That's when Mrs. Laurel's front porch light turns on. The boy looks away and continues pedaling from the scene as fast as he can. He's long gone by the time Mrs. Laurel discovers that her car has been vandalized.

What exactly did I just witness? What was that thing riding on the back of the boy's bike? Another monster mystery, it seems, has made its way into my neighborhood.

CHAPTER 2

The Boy Who Talks to Himself

"Don't tell me you're at it again," my cousin Bobby says as he and his twin sister Michelle make their way into my tree house. They have caught me using my binoculars to spy on the boy who recently moved into 666 Duende Street. He has been oiling the chain and gears of his bike for the last five minutes.

"Who are you looking at?" asks Michelle, walking over and grabbing my binoculars from me. "He's cute," she says.

"More like he's bad news," says Bobby.

Michelle's brother has a point. The boy, whose name I now know is Sayer Cantú, has barely been at our school for a week, but he's already gotten into plenty of trouble for skipping classes and not following classroom rules. He even called our art teacher a real nasty word.

"So, he is a bad boy then?" asks Michelle with a smile.

"The worst," adds Bobby.

"He's still cute," says Michelle.

This earns her a scornful glare from her brother. Bobby isn't too thrilled that his sister is attracted to a hooligan like Sayer.

"I have to agree with Bobby that Sayer is bad news," I tell Michelle. "But not just because of his behavior at school. It's because of what I witnessed the night he first moved in across the street."

"What did you see?" asks Michelle, intrigued.

"I hope this isn't another monster mystery," says Bobby, shaking his head.

"Sorry to disappoint you," I tell him, "but I'm afraid that another monster has indeed moved into our neighborhood."

I quickly bring the twins up to speed as to what I witnessed.

"And you saw this alleged green monster?" asks Michelle.

I nod my head.

"But it was dark when you saw it, right?"

"Well . . . yes," I tell her. "But I know what I saw."

"Do you now?" asks Michelle rather incredulously, raising her right eyebrow. "Aside from noticing that it was green with scary fangs, what else did you see?"

"It had red eyes."

"And how long did you see this alleged creature?"

"Just for a few seconds," I say.

"So, you saw a creature at three in the morning, in the dark and just for a few seconds? Yet you are sure of what you saw?"

"I know what you're trying to do," I tell her.

Even with all that she has witnessed in the past, she is still ever the skeptic. Michelle is big on factual evidence. Unless I can provide it, she isn't going to believe me.

"I'm telling you the truth."

"I believe you are telling me what you think is the truth," she says. "But do you have any factual evidence to prove what you saw?"

"No," I admit begrudgingly.

"Then all we have is your word based on something you witnessed at three o'clock in the morning," says Michelle. "That is hardly irrefutable proof."

I hate it when Michelle gets into her lawyer routine, but that's her nature.

"I agree with my sister," says Bobby. "There's no proof. So that means we should just drop this whole monster mystery nonsense and mind our own business."

"We can't just look away," I tell him.

"Sure, we can," says Bobby, closing the curtains. "Problem solved."

"Not for me it isn't," I snap back. "If a monster has once again moved into the neighborhood, we need to do something about it."

"No, we don't," says Bobby. "Didn't you learn your lesson from spying on Mr. Calaveras? He turned out to be a Chupacabras, for crying out loud."

He is referring to one of the previous tenants of 666 Duende Street.

"But not all monsters are evil," I remind him. "Just look at Zulema." She and her dad moved into the house after Mr. Calaveras mysteriously disappeared. "She was a witch owl, but she turned out to be a nice one."

"But her grandma wasn't so nice, was she?" asks Bobby.

It's true. Zulema's grandma was as evil as they come.

"Michelle almost got killed because of her," he reminds me.

"You're exaggerating, Bobby," says Michelle, rolling her eyes.

"Have you forgotten we had to rescue you?" asks Bobby.

"I'm not looking the other way," I tell him. Something isn't right about Sayer Cantú, and I intend to find out what."

"Guys," says Michelle, trying to get our attention.

The back and forth between Bobby and myself has gotten so heated that neither one of us is listening to her.

"Guys!" she says again louder.

"What?" we both turn and ask at the same time.

"I think your screaming has gotten somebody else's attention," she tells us, pulling back the curtain and pointing out the window. We both go over and see Sayer standing across the street staring up at us.

At first Sayer is just standing there, but then he starts shaking his head and arguing with himself, just like last

time. For a moment, he turns around and seems to be walking away, but then he stops. He takes a deep breath and drops his shoulders as if in defeat. He then nods as if reaching an agreement with somebody. He reaches down and grabs a rather large rock from the ground before turning back to look at us.

"Look out!" warns Bobby as Sayer sends the rock hurtling in our direction.

We dive down to the floor a split second before the rock shatters the window.

SMASH!!!

Careful to avoid the broken shards of glass on the floor, I rush to the window and see Sayer getting ready to dart off on his bike. I hurry down the stairs. Monster or not, nobody breaks my window and gets away with it.

Sayer hears me coming up from behind him and turns to look at me for a second. That's long enough for me to tackle him off his bike.

"I'm . . . I'm sorry," he tells me. "I . . . I didn't want to do it. He told me to do it."

There is genuine fear in his voice.

"Who told you to do it?" I ask him. "That green thing I saw riding on the back of your bike the other night?"

"You saw it?" He says, shocked.

"Green monster with red eyes?" I ask him. "Yes. I saw it."

Sayer suddenly hugs me. I didn't expect him to do that, so the move takes me by surprise. At first, I think he's trying to tackle me to the ground, but no. It's a genuine hug.

"You can see him, too," Sayer says with tears in his eyes. "I'm not crazy. You see him, too," he keeps repeating.

CHAPTER 3
He Needs Our Help

"He needs our help," I tell Bobby.

Sayer is gathering the broken shards of glass from the window he broke.

"I'm really sorry about this," says Sayer. "I have some money saved up at home. I will pay to replace the window."

"You're talking about helping Sayer Cantú?" Bobby whispers to me. "One of the biggest troublemakers at our school?"

"I'm really sorry about the window, guys," says Sayer again.

"I believe him when he says something is forcing him to do bad things."

"Why?" asks Bobby. "Why do you believe him?"

"Because I've seen what that something is," I remind him.

12

"Were you scared when you first saw the creature?" Michelle asks Sayer, showing the touch of empathy that Bobby is apparently lacking.

"Terrified," he says. "It was shortly after my dad died that I first saw it. It was four years ago. Every night, it would crawl out from under my bed and talk to me. It was friendly at first. It even played games with me. Hide and seek mostly. But then it started trying to get me to do things that I knew weren't right . . . things that I knew would get me in trouble."

"Your dad died when you were eight?" asks Bobby, finally showing some sympathy.

Michelle and Bobby themselves lost their dad to a car accident when they were very young, so they can both relate to the pain of losing a father.

"Can you describe for me what the creature looks like?" asks Michelle, reaching for the sketchpad I keep in my backpack.

"It isn't too big," he says. " . . . About the size of a kid, really. It's green and has almond-shaped eyes that glow red at times."

"What else?" asks Michelle.

"I can't believe she's doing this," whispers Bobby, not too thrilled that Michelle is asking questions. "We're going to end up in the middle of another monster disaster. I just know it."

"It has both top and bottom rows of needle-like teeth," Sayer continues. "It has ears that are long and pointed . . . kind of like those you would find on a bat."

"Does it look something like this?" Michelle asks, holding up her sketch pad.

She's drawn a rough sketch of a most horrifying visage that comes close to what I saw on the night Sayer moved into the neighborhood.

"It's close," he says, and looks at his watch. "I should go home now."

"Hey, Sayer, we're having a sleepover at our tree house tonight," I announce. "Why don't you ask your mom if you can join us?"

"It will be fun," adds Michelle.

"Why would you want me to come to your sleepover after I broke your window?"

"Because we're friends," I tell him.

Sayer stares at me for a moment with a puzzled look on his face. "You think of me as a friend? Even though we just met?"

"I do."

"We all do," says Michelle, elbowing Bobby in the ribs.

"Yeah," grunts Bobby begrudgingly.

"I've never had any friends," Sayer says.

Did he just say he's never had any friends? How is that even possible?

"I wish I could say yes, but it will be dark in a few hours," Sayer continues. "That's when he comes looking for me. I wouldn't want him to find me here with you guys. I don't want to put you in danger. It would be best if you all just stayed away from me, for your own safety."

His words are heartbreaking. That creature has turned Sayer into a social outcast. We watch as he makes his way across the street and takes his bike down into the basement of his house. I find myself thinking that we must help him somehow.

"Do you see that thing out there?" asks Michelle.

"No," I say, "I don't see it."

"Then let's go to the library," she says, looking at her watch. "We've got a couple of hours before they close. I'm sure that we can find something that will give us a hint as to what that thing is."

"So, you believe us?" I ask her.

"I believe that you both are seeing something," she says. "What that something is has yet to be determined."

"I bet you're only doing this because you think Sayer is cute," Bobby teases.

"He is cute," says Michelle, very matter-of-fact. "But, so what? Sayer is in trouble, and we should try and help him."

"Why?" Bobby asks. "Sayer's a troublemaker."

"He wasn't acting like a troublemaker a minute ago, was he?" Michelle counters. "He was acting scared. The same way you were acting scared after our dad died."

"Don't you dare bring that up," Bobby challenges her, before turning around and crossing his arms. He's still unconvinced that we should help.

"Don't you remember what happened?" Michelle asks.

"What happened?" I ask.

"Nothing," says Bobby. "Nothing happened, okay? Let's just go to the library already."

I reach over for my backpack, making sure that it's packed full of my monster-fighting tools: crosses, holy water, packs of salt, silver metal beads and some sling-shots. I glance up at the pickle jar filled with meteorites on my shelf. They are a gift from my dad and are supposed to be the real deal, genuine rocks not from this planet. He told me that they are composed of 90 to 95 percent pure iron. I grab the jar of meteorites and put it in my backpack.

"I don't want to do this," Bobby says.

"It won't hurt us to do a little bit of research," I tell him.

"Fine," says Bobby, throwing his hands up in the air. "But I'm telling you right now that if a monster shows up, you can forget about this whole tree house sleepover thing. I'm going home."

That said, we head out to the library.

CHAPTER 4
What's a *Duende?*

"I think I found something," says Michelle, showing us a drawing of a green-skinned, red-eyed creature that she found in a book on Latin American monsters. "According to its author, Dr. Bowles, the creature both you and Sayer saw fits the description of one particular monster in Latin American folklore."

"What monster is that?" I ask.

"Dr. Bowles calls it a *duende*," says Michelle.

"What's a *duende*?"

"According to popular Mexican folklore, a *duende* is like a troll," says Michelle. "You could even compare it to an evil version of a gnome."

"I remember reading about *duendes*," I say. "Aren't they supposed to get kids in trouble?"

"That's one of several things that it can do," she says. "According to some versions of the stories, they are visible only to children. And those children are often

blamed by adults for the mischief these creatures bring about."

"Like Sayer is always getting blamed for stuff," I conclude.

Michelle nods in agreement.

"So why can only children see them?" Bobby asks.

"Because children, unlike adults, still believe in things like the Easter bunny and the tooth fairy," Michelle explains. "They *believe* that supernatural creatures exist. Therefore, they do."

"Can't the kids just refuse to go along with the *duende*?" I ask Michelle.

"They can try," she says. "But remember, we are dealing with children here. The *duende* can threaten to hurt them, or their families. That's how *duendes* manipulate kids into going along with making bad choices."

"But Sayer is our age," says Bobby, "and we don't believe in the Easter bunny or the tooth fairy anymore. Don't you dare tell me that they are real, Vincent."

"Sayer was a kid when he first saw it," I remind Bobby. "He can still see it because he still believes in it."

"So why can Vincent see it?" Bobby asks. "He never saw it as a kid."

"I was thinking about that," Michelle says. "I have a theory."

"It's because I'm a believer, isn't it?"

"Exactly," says Michelle. "You have what I would call 'monster vision.' You believe in monsters. That's why you can see them."

"All the time, it seems," says Bobby sarcastically. "You said that the *duende* likes to get children in trouble. Why would it want to do that?"

"At first, I thought that it was just to be mean," says Michelle. "But after reading some more, I learned that's only one part of a *duende*'s diabolical plan. What it really wants is to make children feel like nobody cares about them. It's at that point that the *duende* will make its move."

"What does it do?"

"It will turn the child into a *duende*," Michelle says with a grimace.

"Are you serious?" I ask her.

"According to the book, that's how they grow their numbers," she says.

"Are you telling me that the thing following Sayer around was once a child?"

"If what I read is true, the answer is yes."

"Is that what is going to happen to Sayer?" I ask her.

"It could."

"The library will be closing in ten minutes," a voice announces over speakers.

"I guess we better get going to your house for the sleepover," Michelle prompts us.

"I'll text Zulema on the way," I tell them. "She might have information to help us figure out how to fight a *duende*."

Michelle nods and takes the lead out of the library.

"Turning to a witch for advice on how to deal with a monster . . . " Bobby says, shaking his head as we exit the building.

"She's a good witch," Michelle reminds him.

Bobby just rolls his eyes as we start walking home.

CHAPTER 5
Sayer Is Ours!

"Are you sure you all want to sleep in the tree house?" asks my dad. "Aren't you all worried about a raccoon or possum getting in?"

"Kenny's with us," I remind him. As if on cue, my dog gives out a loud bark.

"I guess it's okay if Kenny is around to protect you all," Dad says. "You all have your cellphones with you?"

"Yes, we've got them," I tell him.

"I'll see you all in the morning, then," he says.

I wait until my dad finishes climbing down the ladder before reaching for my binoculars. I scan Sayer's house and yard for any signs of activity.

"You see anything yet?" Michelle asks.

"Nothing," I say.

"Let's keep it that way," Bobby suggests.

I see Sayer sitting in the living room watching TV with his mom. I can't help but think to myself how perfectly normal they look, just a kid and his mom laughing at something they are watching on television. One would never think that Sayer was being bullied by a *duende*.

For the next few hours, we take turns doing surveillance over Sayer's house, but nothing out of the ordinary takes place. I feel my eyes begin to grow heavy and I start dozing off during my watch. I'm almost asleep when Kenny begins to growl.

"What's up, boy?"

"What's happening?" asks Michelle.

"Did he see something?" asks Bobby.

"I think so," I answer.

My dog cautiously makes his way towards the right corner of the tree house. Then a puff of white smoke suddenly shoots out at him from the wall. Kenny gives out a loud yelp and collapses to the floor.

"Kenny!" I cry out and rush towards him. I breathe a sigh of relief when I see that he is merely sleeping.

"Sayer is ours," we hear a high-pitched voice whisper behind us.

Just then, the lamp in our tree house goes out.

"Who turned off the lights?" asks Bobby.

I reach for my cellphone and use the flashlight app on it. I point the light at the wall and catch a glimpse of something green moving away from the lamp. What can we use to defend ourselves against a *duende*? In my

backpack I have holy water, but does holy water have any effect on them?

"Sayer is ours," I hear the same voice whisper behind me.

"I got the lights," says Bobby, and he turns the lamp back on.

And there he is: the green creature I saw riding on the back of Sayer's bike.

It seems that Michelle now believews Sayer's story because she can now see the *duende*, too. Its beady red eyes stare back at us.

Just then, the *duende* switches his focus to Bobby.

"It can't be," says Bobby, revealing that he can see it, too.

"I know you," says the *duende*, its bony index finger pointing right at Bobby. "I KNOW YOU!"

"You can't be real," says Bobby. "You can't be real!"

"I know you," says the *duende* again. "I know you . . . Bobby!" The *duende* suddenly jumps unto Bobby's shoulders.

My cell phone beeps, letting me know I have a message. It's a text from Zulema:

DUENDES ARE VULNERABLE TO IRON

Iron? What do I have that is made of iron? Then I remember. But I need a distraction so I can get to them.

"I know you," the *duende* keeps telling Bobby.

"You're not real," says Bobby. He closes his eyes and throws his upper body forward to get the duende off his shoulders. The *duende* hits the wall with a thud.

"Leave them alone," we hear Sayer cry out from below the tree house. "Stay away from them," he warns as he starts climbing up the ladder.

"AAARGHH!!!" the *duende* suddenly shrieks out in pain.

Kenny has recovered and has snared his jaws around the *duende*'s right leg. The *duende* is distracted by Sayer's arrival and Kenny's attack. I take advantage and dive for my backpack. I am able to pull out a slingshot and the meteorites. I open the jar, grab one of the larger rocks and load it onto the slingshot. I hope my father was right about the high iron content in meteorites. I take careful aim, pull back on the elastic band and send the rock flying. The *duende* gives out a horrendous shriek as the rock hits his right eye. I'm shocked to see smoke starting to emanate from the *duende*'s eye socket. He thrashes back and forth before melting into a puddle of green slime.

"Is that it?" asks Sayer, who has made his way up to the tree house. "Is it dead?"

I have to wonder if it could really be that easy. My cellphone beeps, letting me know that I have another text message. It's also from Zulema. As I read her text, my heart drops. It tells me that our *duende* problem isn't solved yet.

BE CAREFUL VINCENT
DUENDES ALWAYS TRAVEL IN PACKS OF THREE!!!

CHAPTER 6

More than One

"There's more than one?" asks Sayer in disbelief.

"That's what our friend Zulema said," I answer. "She says that *duendes* always travel in packs of three. That must be the reason your *duende* kept saying that you are *theirs* instead of just *his*."

"And this Zulema you say is a witch?"

"A good witch," adds Michelle. "Have you ever seen more than one *duende*, Sayer?"

"It's always been only one," Sayer answers.

"But has it always been the same one?" I ask him.

Sayer shrugs his shoulders. "I guess all *duendes* could look the same. . . . That would explain why there was a *duende* at your tree house at the exact same time that another *duende* was telling me that you all would be sorry if you stuck your nose where it didn't belong. I was actually coming over to warn you guys to stay away."

"I knew this was going to happen," says Bobby. "I warned you all. I said we shouldn't get involved in all this monster nonsense, but did you listen? No, you didn't. Now you've done it. We have not one, but three monsters to deal with."

"Two, actually," says Michelle. "I'm pretty sure that the *duende* that turned to green slime is dead now."

"That *duende* said it knew you, Bobby. Why would it say that?" I ask.

"I don't want to talk about it," Bobby insists.

"You need to tell them," says Michelle.

"No, I don't," says Bobby. "Because it never happened."

"What never happened?" I ask Bobby.

"You had a *duende* come after you too, didn't you?" Sayer asks.

"It wasn't real," Bobby says.

"Yes, it was," Sayer disagrees.

"I don't want it to be real."

"Do you have any idea how many times I have wished that my *duende* wasn't real?" Sayer says. "When did it first come to you?"

"It was . . . it was after Dad died," Bobby says, and takes a deep breath. "Dad and I used to go everywhere together. After he was gone, I felt lost. I didn't want to talk to anybody."

"Is that when the *duende* first showed up?" Sayer asks.

Bobby nods.

"It's what they do. They come to you when you are at your most vulnerable and pretend to be your friend.

"And then they try to make you do things that you know will get you in trouble," Bobby adds.

"So, how did you get it to leave you alone?"

"After my dad died and I started getting in trouble, our mom didn't know what to do," Bobby explains. "So she decided that maybe being closer to our family would help. That's why we moved from Corpus Christi to here. I think the *duende* left me alone because I was always surrounded by family members once we got here. If I wasn't with my mom or my sister, then I was with aunts, uncles or cousins. I was hardly ever alone anymore. So it was hard for the *duende* to get me into trouble. I figured he just gave up and went away. It still hurt that our dad was gone. But having family around made it hurt a little bit less. I never saw the *duende* again until tonight, so I stopped believing that *duendes* existed."

"Family doesn't do me any good," Sayer confesses. "It's just my mom and me, as far as I know."

"Family doesn't have to be blood," I remind him. I place my right hand on his shoulder. "We'll find a way to help you."

"But how?" asks Bobby. "We wouldn't even know where to start looking for them."

"From what I've read online, *duendes* are able to shrink themselves small enough to fit into the tiniest of openings," Michelle says. "It's even rumored that they

can shrink small enough to fit into a hole in a wall that is the size of a pinprick."

"That means they can be hiding anywhere," I say. "How will we even know where to start looking for them?"

"Where to start looking is pretty obvious, Vincent," she says. "According to my research, *duendes* are most commonly found hiding in the bedrooms of young children. Sayer, you're an only child, right?"

Sayer nods.

"That would mean the *duendes* must be in your room," Bobby offers. "So . . . we know where to start looking for these *duendes*. But how do we fight them? How do we stop them?"

"Iron," I announce. "Iron works against *duendes*."

"But why iron?" Sayer asks.

"Historically, iron as a weapon against *duendes* makes sense," Michelle explains. "*Duendes* at their core are creatures from folklore. Iron is often used to repel ghosts, witches, fairies and other supernatural creatures. The term 'cold iron' is often associated with the forging of weapons in folklore. These can take the form of horseshoes to ward off evil spirits. An iron fence around a cemetery is supposed to contain wandering ghosts. It makes sense that a meteorite, with its high iron content, would be like a bullet to a *duende* when launched by a slingshot."

"But Vincent's meteorite did more than repel the *duende*," Bobby blurts out excitedly. "It literally destroyed it!"

"I have a theory on that, too," says Michelle. "In folklore, any iron that comes from a meteorite is called 'sky iron.' Ancient peoples considered sky iron to have been tempered by the gods. And it was highly prized for making swords and other weapons. A weapon made from sky iron should be capable of repelling a *duende* and even destroying it."

"Are meteorites that powerful?" Sayer exclaims.

"It would seem so, given that just one direct hit turned that *duende* into a puddle of green slime," I say with pride.

"So we can then assume the *duendes* are hiding somewhere in Sayer's room," Michelle reminds us.

"Hiding in a hole that is the size of a pinprick," adds Bobby.

Michelle nods. "That's like looking for a needle in haystack."

"Maybe not," I say. "I have a plan. How do you feel about having a sleepover at your house, Sayer?"

CHAPTER 7
Operation Sleepover

"I've never had a sleepover before," Sayer says.

"Never?" Michelle asks. "Not even in elementary school?"

"It's kind of hard to have a sleepover when you've got no friends," Sayer explains, blushing. "I mean, what parent wants to let their child go to a sleepover at the house of the kid who is always getting sent to the principal's office?"

The sadness of Sayer's words makes Michelle choke up a little.

"Well, you've got friends now," she tells him and gives him a hug.

"Is everything okay?" Sayer's mom asks as she drops off some pizza and soda for us to snack on. She had been genuinely surprised when Sayer asked if he could have his friends sleep over.

"Everything's good, Mom," Sayer says.

"If you all need anything, just let me know," she continues. "I'll be in my room downstairs."

"Thanks, Mrs. Cantú," I say.

"Seriously," she continues, "if you all want more pizza, just let me know. What good is it for me to be the assistant manager at Sal's Pizzeria if my son and his friends can't take advantage of it?"

"We're good, Mom," Sayer says, a bit embarrassed at all the fuss his mom is making.

"Okay, okay," she says, "I can take a hint. But I mean it. I'll be downstairs if you need anything."

We chow down on the pizza as we wait for Sayer's mom to go to sleep so we can go over our plan to deal with Sayer's *duende* problem.

"Are you sure your mom won't wake up?" I ask Sayer.

"Trust me," Sayer says. "When my mom is out, it takes a freight train to wake her up."

"According to Michelle's research, *duendes* tend to hide in the darkest spot in a room. A place that is seldom exposed to direct sunlight."

"The closet," says Sayer. "It has to be in the closet."

"So how are we supposed to find a hole the size of a pinprick?" Bobby asks.

"With this," I tell him, holding up a baby food jar filled with dust.

"What's that?" he asks.

"It's called iron oxide."

"Where did you get it?" Michelle asks.

"My dad and I took a ceramics class last summer. Iron oxide was one of the materials we used to mix glazes. I theorize that if we spread this powder around, it might force the *duendes* to come out of hiding."

"Because of its iron content?" asks Michelle.

"Precisely."

"How do you know that the powder will work?" Sayer asks. "We're talking about an itsy bitsy tiny little hole."

"I don't know if it will work," I tell him. "That's why it's just a theory. But iron oxide particles are among the smallest in the world."

"Maybe even small enough to fit into a tiny tiny hole?" Michelle asks.

"That's what I'm hoping for."

"So, when do you want to do this?" Sayer asks.

"Let's wait a little while to make sure your mother is asleep. Once she's sleeping and out of harm's way, that's when we will put my theory to the test."

"What if it doesn't works?" asks Bobby. "How do we defend ourselves against the remaining two *duendes*?"

"We use these," I say as I pull out four slingshots and my jar of meteorites from my backpack. "We'll use sky iron!" I declare dramatically. "We'll use these weapons forged in the heavens themselves to get rid of them."

"You're being melodramatic again, Vincent," Michelle says, rolling her eyes. She looks at Sayer and says, "He does that sometimes. You'll get used to it."

CHAPTER 8

Hunting for *Duendes*

With a magnifying glass and a flashlight in hand, we carefully examine the inside of Sayer's closet.

"We're looking for any signs of a hole, no matter how small," I say.

"Do you think this could be one?" asks Michelle, pointing to a small opening inside the closet.

"It could be," I say, "but then again, that mark down in the left corner of the closet could be one too."

"Michelle told you it would be like looking for a needle in a haystack," Bobby says, smugly.

"I have an idea," I announce and I walk over to my backpack. I pull out a small battery-powered fan. I check to make sure the batteries still have some juice in them.

"Why do you carry a battery-powered fan in your backpack?" Sayer asks.

Bobby nudges him with an elbow. "Don't ask. A fan is probably the least weird thing he carries in that backpack."

I return to the closet and hand the fan to Michelle. "Turn it on when I give you the signal."

I unscrew the lid on the baby food jar and pour some of the iron oxide into the palm of my hand.

"Michelle, turn it on now."

The fan's propeller sends the powder flying all over. Michelle moves the fan in a circular motion to ensure the iron oxide spreads all around the closet. I gesture for her to turn off the fan and step back. I close the closet door.

"Now we wait," I say.

It turns out we don't have to wait too long. Soon, we hear the faint sound of coughing coming from inside closet.

We watch as the doorknob turns and the door slowly creaks open.

"Slingshots at the ready," I order them like an army captain.

A *duende* stumbles out of the closet holding its throat and gasping for air. Sayer sends his meteorite flying in the *duende*'s direction. Out of pure instinct, the *duende* catches it in its right hand and looks like he instantly wishes that he hadn't. Green slime begins to ooze out from the *duende*'s hand, and it falls to the ground in agony. Right before our eyes, the *duende* begins to dissolve until all that is left is a sticky puddle of sickly green, bubbly slime.

"Is that it?" asks Sayer.

"Zulema said that *duendes* travel in packs of three," I remind him. "There was one at my tree house, and the one from the closet makes two. We're still one *duende* short."

"Do you think he's still in there?" Michelle asks, peering into the closet.

"I don't think so," I say. "Surely the iron oxide would have forced him out by now."

"So then where else would he be?" asks Bobby.

"Sayer, you said the *duende* crawls up from under your bed and speaks to you?"

"You think he's hiding under my bed?" Sayer asks.

Bobby immediately pushes the bed away from the wall. I drop down and begin looking for any signs of a hole.

"I don't see anything," I say. "But if Sayer says that the *duende* crawls up from under his bed to talk to him, and if there's nothing on the floor or in the wall, then where does it come from?"

I turn to Sayer and ask, "How long have you had this mattress?"

"Four years maybe?"

I pull the mattress off Sayer's bed, flip it over and remove the bed cover. I scan the bottom of it with my magnifying glass. I see what appears to be a tiny tear. I gesture for Michelle to pass me my jar of iron oxide.

"You think he's been hiding inside my bed all this time?" Sayer asks.

"Only one way to find out," I tell him as I start to unscrew the jar.

Before I can remove the lid, something shrieks from inside the mattress.

"No!" the *duende* cries and leaps out at us from inside the mattress.

I drop the jar as it pushes me into Michelle, knocking us both down.

"Since you took my friends from me," says the *duende*, "I will take your friends in their place."

He blows white powder at both Sayer and Bobby, causing both to collapse to the floor, unconscious. Next, the *duende* whispers something into Sayer's right ear and then scratches the back of Sayer's neck.

"He is cursed now," the *duende* says, with an evil smile on his face. "Sayer bares my mark. He won't have the willpower to resist becoming like me, at least not for long."

Then, with its other claw, it rips open a tear on the wall. Before our very eyes, the tear grows into a large, gaping hole. As the *duende* begins to pull Bobby into the opening, I try to stop him, but I'm too late. I can only watch in horror as the hole begins to shrink until it's the size of a pin prick.

"It's all my fault," I hear Sayer say. He is down on his knees. "It's all my fault. I never should have brought you guys into this."

"What did the *duende* say to you, Sayer?"

"Tell us," says Michelle. "We need to get my brother back."

"I'm sorry," says Sayer, covering his face.

"What's wrong, Sayer?" I ask him. "Are you okay, buddy?"

"I warned you all that you should stay away from me."

"We will get Bobby back," I tell him. I turn to look at Michelle. "I promise."

Sayer is still covering his face with his hands.

"Sayer, what's wrong?"

"What's wrong?" Sayer asks. "Look at me," he says, removing his hands from his face. "Look at me, and you tell me what you think is wrong, Vincent."

"Your face. . . . "

Sayer's face has turned a light shade of green. His eyes are pinkish in color, too.

"He infected me. I'm becoming like him," he cries. "I'm becoming a *duende*."

"But you're not one yet," I insist. "You can fight this."

"Why fight it?" Sayer says. "Maybe the *duende* is right about me. Maybe I do belong with him."

"That's not true, Sayer. We all have a choice. You have a choice right now. You can either become like him, or help us save Bobby. You can help us save our friend."

Sayer closes his eyes and takes a deep breath. "You still want to be my friend?"

"I do," I assure him.

"We both do," says Michelle. "And so does Bobby. Now, can we stop talking and go save my brother?"

"The *duende* told me that he would be waiting for us in the basement," Sayer says. "He said for you to leave your backpack and meteorites behind, Vincent. And he said if he so much as saw us carrying *anything* resembling a weapon, Bobby would pay the price."

"If we do that, we'll be defenseless against him," I say.

"Not necessarily," says Michelle.

"What do you mean?" asks Sayer.

"He said that if 'he so much as saw us carrying anything resembling a weapon,' he would hurt Bobby, right?" Michelle says. "Then we just need to make sure that we trick him into not being able to see it."

"How are you going to do that?"

"Trust me, guys," says Michelle. "I have a plan."

CHAPTER 9

Michelle's Master Plan

"Are you ready?" I ask Michelle, who is tying her hair into a pony tail with an elastic band.

She nods and gives me a thumbs up.

As I wait for her to finish, I can't help but be thankful that at the very least Sayer's mom is still asleep. The fact that she is such a heavy sleeper means that if we survive tonight, we might get away without having to explain everything that's happened thus far. I especially don't want to explain that her son is halfway to becoming a *duende*.

"We only get one shot at this," Sayer says as he hands me the key to the basement door. "What if it doesn't work?"

"It will work," I assure Sayer as I unlock and open the door.

"I'll turn on the lights," he says, reaching for the switch. "Where do you think the *duende* is keeping Bobby?"

I notice that the door in the corner of the room is slightly ajar. "Do you usually keep that door open?"

"Never," he says.

It could be a trap, but given that Sayer is about to become a *duende*, we don't have any time to play it safe. I gesture to Michelle and Sayer that I'm planning to look inside. We find Bobby sitting tied to a chair in the room. We rush over and start to untie him.

"You need to get out," Bobby says. "It's a trap."

"You truly were foolish enough to come unarmed," the *duende* says from behind us.

We turn and see him blocking the stairs. He has us trapped.

"Sayer is mine now," he says with delight, pointing his index finger at Sayer.

At that, Sayer drops down to his knees. His skin starts turning even greener than before, and his eyes are now completely red.

"This is all my fault," Sayer whimpers. "Just get away while you still can."

"No, we aren't leaving you," I tell him. "And none of this is your fault. It's all *his* fault," I say, pointing at the *duende*. "You have to fight him, Sayer. You can't let him win."

Sayer's transformation seems to pause. He's fighting as hard as he can to stay human.

"Keep quiet!" screams the *duende* as he lunges at us. First, he throws Bobby hard against the wall and then angrily tackles me down to the floor. He desperately tries to cover my mouth and shut me up. "Shut up!" he screams. "Shut up!"

"Fight it, Sayer!"

"You have a big mouth," the *duende* growls. "But I'll teach you to keep that mouth shut."

The *duende* opens his right hand and his nails begin to grow. Soon they are the size of steak knives.

"Do you know what I do with the tongues of boys like you who talk way too much? I cut them out and eat them as a late-night snack!"

"Let him go!" I hear a voice cry out.

The *duende* gives out a horrendous shriek as somebody yanks him off me by his ears.

"Who dares?" the *duende* asks.

It's Sayer. His skin isn't green anymore, and his eyes aren't red either. Sayer has managed by sheer willpower to break free from the *duende*'s curse.

"It's not possible," the *duende* screams. "It's impossible to break a *duende*'s curse!"

"Anything is possible when you have friends that believe in you," Sayer declares. "You can't tell me what to do anymore. You have no power over me."

Sayer and I both rush to the *duende* and try pinning him down to the ground. Bobby is trying to hold his legs down, too, but the *duende* keeps kicking and pushing away at us, putting up one heck of a fight.

"You think you can beat me without your precious sky iron?" the *duende* taunts us.

We watch as the *duende*'s mouth grows large enough to swallow one of us whole. Just as the *duende* is about to break free, Michelle steps in front of us, pulls the elastic band from her ponytail and wraps it around a Y-shaped wooden handle she pulls out of the back of her shirt. Next, she opens her mouth and out pops a meteorite into her right hand. The *duende* watches helplessly as Michelle raises the slingshot and aims it right at his gaping mouth.

"Tricked you," she says as she sends the meteorite flying right into the *duende*'s mouth.

He grasps his throat and begins to thrash back and forth on the floor, trying desperately to dislodge the sky iron. Just then, his body begins to blister and burn.

"What are you waiting for?" Bobby cries out. "Take cover! He's going to blow!"

We rush and take cover behind a workbench just as the *duende* explodes like a water balloon. All that is left of him is a puddle of green slime, not to mention droplets of slime all over us and our surroundings. Yuck!

CHAPTER 10
New Beginnings

"I wish you didn't have to move," Michelle pleads.

"It's a great opportunity for my mom," Sayer explains.

His mother got a promotion at work to become the manager of a new Sal's Pizzeria opening on the other side of town. Unfortunately, that promotion means that Sayer and his mom will have to move closer to the restaurant.

"We'll still get to see each other at school," Sayer promises.

"You know, when I first met you, I didn't really like you very much," Bobby confesses.

"I could kind of tell," Sayer says.

"I thought you were no good. That you were nothing but a troublemaker." Bobby, it seems, is ready to keep going on and on about why he didn't approve of Sayer at first.

Michelle elbows him in the ribs.

Bobby gets the hint. "But I just wanted to tell you that I was wrong. You're a cool guy. I'm going to miss having you around the neighborhood."

"No more *duendes*, I take it?" I ask Sayer.

"They're gone," he says. "It's been over two months now and not a single *duende* has shown up. They really are all gone."

"Glad to hear it," I say.

"Just in case, I got something for you," Michelle says, reaching into her pocket. She pulls out a necklace with a meteorite attached to it.

"It was her idea," I tell him.

"You guys are the best," Sayer says. "I can't thank you all enough for everything you've done for me. It's because of you three that I finally have a chance to lead a normal life."

"I think we're just about ready to leave," we hear Sayer's mom call from across the street.

"I'll be there in a minute, Mom," he says. "Michelle, could I talk to you alone for a second?"

"Sure," she answers.

"Why does he need to talk to her alone?" Bobby asks.

"Just give them a moment, Bobby," I tell him, grinning.

"A moment for what? What does he have to say to her that he can't say in front of us?"

"Are you telling me that you honestly haven't noticed?"

"Noticed what?"

Just then, we see Sayer say something to Michelle that makes her smile and her cheeks blush. Michelle nods in agreement and gives Sayer a great big hug.

"No way," Bobby says.

Sayer starts walking towards his mother's car, a great big, goofy grin on his face.

"See you all at school, guys," Sayer calls to us.

"What did he ask you?" Bobby asks Michelle, who is still smiling from ear to ear.

"That's none of your business," she says and starts walking home.

"Did he ask her the question?" Bobby whispers to me.

"I think he did."

"Do you think she said yes? She better not have."

"I think she did say yes," I answer, smiling. "I think your sister has a boyfriend."

"No way," Bobby says. "I won't allow it."

"I don't think she cares."

"I'm your older brother," I hear Bobby call to her as he takes off after her. "I forbid it."

"Older by two minutes," I hear Michelle remind him.

CHAPTER 11

For Rent, Again

From my tree house, I notice a cleaning van pull up the driveway of 666 Duende Street. It has been five weeks since Sayer and his mom moved out. Sayer has been doing well at school. He even joined the track team. He and Michelle are still together, much to Bobby's dismay. I watch four men dressed in black overalls emerge from the van carrying cleaning supplies. One of the four men is carrying a lawn sign that bares a now all-too-familiar message.

HOUSE FOR RENT

Who will be the next residents that move into 666 Duende Street? Will they be a perfectly normal family for a change? Or will it be a family tormented by a monster? Perhaps they'll be monsters themselves. Whatever the case might be, I will be ready. I am Vincent Ventura, monster fighter extraordinaire.

FOR
RENT
6-666-6666